문학과지성 시인선 206

바닷가에서 보낸 한철

문충성 시집

문학과지성 시인선 206
바닷가에서 보낸 한 철

펴낸날 / 1997년 9월 19일

지은이 / 문충성
펴낸이 / 김병익
펴낸곳 / (주)**문학과지성사**
등록번호 / 제10-918호(1993. 12. 16)

서울 마포구 서교동 363-12호 무원빌딩(121-210)
편집: 338)7224~5 · 7266~7 FAX 323)4180
영업: 338)7222~3 · 7245 FAX 338)7221

ISBN 89-320-0948-1

값 4,000원

* 잘못된 책은 바꾸어드립니다.
* 지은이와 협의에 의해 인지는 생략합니다.

문학과지성 시인선 206

바닷가에서 보낸 한 철

문충성

1997

시인의 말

주로 90년 이후에 발표했던 시들 가운데서 시집 한 권을 만들 시들을 고르면서 깨달은 것은 참담함이다. 또한 내가 써야 될 시를 못 썼다는 자괴감에서 벗어날 길이 있을까?

다듬어봤지만 나아진 것도 없다.

다만, 이쯤에서, 시쓰기를 그만두어야 옳다는 생각뿐이다.

그러나, 앞으로 살아 있는 동안 내가 써야 되고, 나만이 쓸 수 있는 시를 한 편만 쓸 수가 있다면, 얼마나 나는 행복할 것일까?

범인의 욕심이란 이렇게 비천한 것일까?

그 비천한 고통을 내버리기가 내겐 어째서 쉽지 않은 것일까?

위대한 독자여, 내게 침이라도 뱉어주시기를……

1997년 9월
문 충 성

바닷가에서 보낸 한 철

차 례

새를 위하여

너 있음으로 나를 깨우쳐가고 있을 때
전생의 나는 무엇이었을까 슬픔으로 나타나지 않는다
후생의 나는 무엇일까 기쁨으로 나타나지 않는다
현생의 나는 무엇인가 고통일까
꿈일까 나는 꿈꾸기로 했다 눈도 귀도 코도 입도 없는
고뇌를 그것이 전생이며 후생임을
그 깊이는 얼마나 될까 깊이의 꿈
전생에서 후생까지 현생을 날아다니는 새여
나는 꿈을 파괴하기로 했다 그 꿈의 깊이 재어
부재의 두레박으로 이 세상의 옷과 밥과 잠
눈물을 길어올리기로 했다 부질없음을
지는 해
저무는 바다를

水仙花

秋史를 미쳐나게 한 꽃 水仙花여
유적의 길 위에서 미쳤네 그는
그러나 미치지 못했네 나는
朝鮮王朝 사대부의 찌꺼기 욕망이 고등학교 시절
영어 공부하며 만났던 새로운 세상
그 욕망이 꼭뒤에 못 견디는 허물 만들어
미치게 했네 나를
미치지 않게 해준 것은
워즈워스의 水仙花가 아니라
산야에서 자라던 朝鮮 水仙花 뿌리
그 뿌리 빻아 허물에 붙였더니
못 견디던 아픔 스르르 잠들던 것을 그러나
나르시스의 욕망이 죽음에 이를 때
그 죽음 잠재울 새로운 뿌리는 어디에?
엎어치나 메어치나 유배자에 지나지 않는 것을

새하얀 대낮에

그대 만날 때마다
저 가슴 망망함으로 언제나
절망이었네 바다여
젊은 날 끊임없이
떠남을 충동질해서
누더기 세상 여기저기
떠돌아다녔지만 절망절망
더 깊어진 절망이여
그대 슬픔에 차서
오늘은 돌아와 탕아처럼
그대 앞에 섰나니
바람 속에 눈뜨는 수평선으로
오색 무지개 이루어 절망절망
저 아득함으로 나를
깨어나게 하라 새하얀 대낮에

三姓穴

처음이 있었고 혼돈이 있었네
혼돈은 둥글게둥글게 한 말씀을 지어내었네
한 말씀이 빛이 있으라 하니 빛이 있었네
한 말씀이 어둠이 있으라 하니 어둠이 있었네
그랬을까
빛이 하늘을 열었네
어둠이 땅을 열었네

아니야
한 말씀이 있었네
한 말씀이 처음을 지어내었네
처음은 혼돈을, 혼돈은 시간을
한 말씀이 빛이 있으라 하니 빛이 있었네
한 말씀이 어둠이 있으라 하니 어둠이 있었네
그랬을까
빛과 어둠의 싸움은 이때부터 생겨났네

하늘과 땅이 열리던 날
제주섬이 솟아났네
다투어 솟아났네 목숨 있는 것들

高梁夫 三神人이 솟아났네
사람들이 솟아났네
그랬을까

알 수 없거든 가고 보아라
濟州市 三姓穴
高梁夫 三神人이 솟아난 구멍들
비록 흔적만 남았지만
가고 보아라 알 수 있을지
창창한 세월 있음을 증거하는 소나무들
하늘 향해 청청하니
그 소나무들 푸른 그늘 깊숙이 헤쳐가라
선인들 세워놓은 비석들 만나게 되리
三姓穴
5천 년도 더 거슬러 올라가서
땅을 열고 나온
高梁夫 三神人
어느 날
해 뜨는 吾照里로 나가
벽랑국에서 온 세 공주 맞아

새 살림 차렸으니
제주섬의 인간살이는 이로 비롯되었느니라

三神人 활을 쏘아 땅을 나눴지만
빌레왓*은 일궈도 일궈도 가난뿐이던 것을
한숨도 지어내고
인고도 지어내고
비바람 설한풍 온 섬 뒤흔들어도
아들 낳고
딸 낳고
耽羅 나라 세워
三多, 三無의 꿈 엮어냈느니

한 말씀은 한 말씀으로
혼돈은 혼돈으로
빛은 빛으로
어둠은 더 어두워졌지만 어둠으로
시간은 청동기 이후 녹이 슬었네
늙어빠진 시간은 세상을 자꾸 녹슬게 만드는데
그 세상에서 우리는 컴퓨터나 두들기며 녹슬고

耽羅는 때로 책 세상 속에서나 만날 뿐

* 빌레왓: 제주토박이 말로, 넓적하고 평평한 돌들이 땅 위, 또는 땅 속에 많이 묻혀 있어 농사짓기에 척박한 땅을 가리킴.

4月祭 · 1

게다짝, 니뽄또, 日帝 군홧발에 짓밟히던 섬마을
1945년 8월 15일
새 세상 열렸네
친일파들 친일하며 치부하는 동안
억압과 착취와 죽음이여
숨막히던 36년 터지던 만세 소리
천지를 새로 여는 자유여 해방이여

빛과 그늘이
어두움 무서움 모르던
닭소리도 한데 어울려 살던 사철
무시로 바람 불던 섬마을에 바다 건너온
피에 젖은 이데올로기들
동
서
남
북
불질렀네
섬마을들 불이 되었네

죽음 냄새 풍기며
죽음에 미친
까마귀떼 까옥까옥
아침 저녁 밤마다
불타오르던 하늘 하나
가득 날고 있었네

대여섯 살 철모르던 애들
눈곱 낀 울음 속에도 시뻘겋게
총칼 소리 죽창 소리 거친 발걸음 소리
불길은 타올랐네

쑥 향기 새파란 봄날에
초가집도 양민도 폭도도 경찰관도 군인도…… 파릇
파릇
땅 속이거나 땅 위거나
어디에 있지? 상처투성이 싹들
이제야 조금씩 아픈 허리 펴며 일어서고
불타버린 울음 속
찢긴 역사여 잿더미 속에서
아직도 노래를 만들지 못한다

4月祭 · 2

살기 위해
숱한 죽음들 구경하면서
그림자처럼 도망다녔네
암호 받아 외고 동네
연자 방앗간 앞에서
죽창 들고 보초도 섰네
"누구냐! 정지! 암호는?"
입 안에서 뱅뱅 도는
무서움에 오줌을 쌌네
큰기침 소리 우렁차게 어둠 속에서
시커멓게 나타나던 커다란 사람들
"이거 어린애 아냐! 빌어먹을!"
별도 뜨지 않는 밤하늘
와르르 무너져내리고

4月祭 · 3

1

죽성에서 성을 쌓았지 우리는 40년 전에
돌덩이로 산폭도* 못 넘어오게
그때 귀머거리 할망 하나
산폭도 연락병이라고 군인이
잡아왔지 군홧발로 차며
귀머거리 할망은 하지만
군인의 심문에 대답하지 못했네
답답한 군인은 가라고 할머니
가고 싶은 곳으로 가라고 외쳤네
성 쌓던 사람들 할망 보고
손으로 시늉했네 가라고
눈물조차 말라든 그 할망이
말했네 "고맙습네다! 고맙습네다!"
방아깨비 절하듯 무수히 절하다
자빠지며 기어 일어나며
할망은 뛰어갔네 그러나
50미터도 더 뛰어갈 수 없었네
탕! 소리에 꺼꾸러졌네

낫 놓고 ㄱ자도 몰랐을 귀머거리 그 할망
죽성에서 성을 쌓았지 우리는 40년 전에
돌덩이로 산폭도 못 넘어오게

2

羅貫中의 『三國志』 읽으며 孔明을 만났네 40년 전에
吳나라 군사들 혼내려
어복포에 돌덩이 주워다 八陣圖 만들어놔
吳나라 장수 육손 가둬 혼을 냈다지만 孔明은
난세를 가둘 八陣圖는 만들지 못했네
삼국 정립 하려 싸움만 하다 1천 7백 년 전에
때로 이기고
때로 지고
오장원에서 병들어 죽었네 그뒤
孔明보다 못난 자들 삼국통일 하는 걸 보았네
羅貫中의 『三國志』 읽으며 1천 7백 년 후에
고통, 가난, 질병, 슬픔, 미움, 우울, 절망, 죽음
모조리 잡아 가둘 新八陣圖

어디 뉘 있어 만들고 있는지 40년 후에
신문들 뒤져봐도 방송들 들어봐도
만날 수 없네 컴퓨터 선전에 눈이 아프고
세상은 노태우, 전두환 구속으로 들끓고
과연 모든 꿈은 어둠의 땅속에 묻혀 있는가**

* 산폭도: 빨치산.

** 비디오판 「三國志」에서 따 씀.

4月祭 · 4

산목련
왕벚나무
산천에 꽃불질러 산천 태우느니
청미래덩굴 가시 팔목에 박혀도
아픔만 보이고 아무것도 안 보이데 하얗게
옥잠화 발길에 휘감기고
제비꽃도 놀라 홍자색 울음 터뜨리지만
아무런 울음 소리 안 들리데
삶은 그토록 높은 데 있는 게 아니지
높은 권력 알지 못하는 이데올로기
목마른 자 목마름을
굶주린 자 굶주림을
언제 뉘 있어 풀어줬으랴
쫓는 자는 쫓음으로 쫓아가고
쫓기는 자는 쫓김으로 쫓겨가고
만나면 사랑해야 될 인간끼리
패를 가르면 싸움이 있을 뿐
싸우면 승자와 패자를 가름할 뿐
승자는 살고 옳고 언제나
패자는 죽고 나쁘고

하느님 말씀도 필요없어진 세상
그러나 우리는 한 번씩 죽어
말씀에게로 간다
사람…… 사랑

千年의 꿈

떠남은 돌아옴의 시작에 지나지 않는다
할지라도 돌아옴은 다시 떠남을 예비하느니
돌아옴은 언제나 절망 뒤에 오는 것
지금은 떠나야 할 때 떠나자
아예 부재만 있는 저기
구름이 흘러가는 그곳
꿈에 취한 새들 사철 무시로 지저귀고
피곤한 절망도 다리 뻗고 쉴 수 있는 곳
쏟아지는 햇볕 다발 무수히
나비들
꿀벌들
잠자리들
갈매기떼
무위 속 가없이 헤엄쳐 다니고
바람도 머뭇머뭇 머물다 가는 곳
꽃들도 제 색깔대로 노래하느니
나고 죽음이 하나 되는 곳
거기엔 싸구려 정치도 경제도 시도 없으니
아픈 귀 귀대로 열어놓고
아픈 눈 눈대로 눈뜨게 하고

삶에 찌든 세상 냄새 하나 없어
천년의 꿈 넘쳐나느니 아늑히
찢긴 혼 누일 수 있어

꽃 노래

처음 너는 자그마한 눈짓이었네 나풀나풀
이른봄 햇살 풀리는 물아지랑이
그 눈짓 네 눈 속에서 자라나
보랏빛 색깔 고르고 보랏빛 향기 고르고 무심무심
불어오는 바람에 한잎 두잎 슬픔의 그림자 지우곤
했네
자나깨나
앉으나 서나
때로 너는 허무였네 그러나
존재의 어두운 계단 뚜벅뚜벅
걸어다니며 살아 있음의 고통
짖어대며 끊임없이
피멍 드는 혼 깊숙이
파고들어 나날이
온통 뿌리째 나를 뒤흔들어놓았네
50년이 걸렸네 바보같이
그것이 그리움인 줄 아는 데
안팎으론 눈보라치는데

개민들레꽃

1

오름과 오름이 마주 누워 외롭지 않다
산수국 보랏빛 기지개 켜는 山泉壇 길 따라가면
바다 건너와 마소먹이 풀들과 함께
이 척박한 산야 노랗게
힘없는 잡초들 자리 뺏아 개민들레꽃들
와자자 자기네 세상 만들고 있는
산굼부리* 가는 길이 멍텅하게 눈떠 있다
사랑니가 아파
이는 썩어 문드러지고
사랑만 고통으로 남았다고
드라이브나 하면 그 고통 재울 것 같다고
엄살부리는 영봉이는 프라이드에 나를 태워
대천동 명진리조텔로 달려간다 달려갈수록
중산간 들판이 점점 더 푸르름으로 흔들리는데
무슨 경마장이 이리 많아져가는가
토박이 조랑말 하나 보이지 않고 풀 뜯다
키 큰 외국산 말들 내달리고 있다 들판을
버스 타고 낯선 관광객들도 렌터카 봉고들 몰고

내달려간다 산굼부리로 산굼부리로 노랗게
길가까지 수없이 개민들레꽃들 꽃 피워내고
무더운 바람 불어와 노랗게
아무데나 나자빠지고 나자빠지고

2

할머니 무덤에 생전 보지도
듣지도 못한 꽃들이 노랗게
지천으로 피어나 잔디가 다 죽었다고
할머니 혼령이 환생이나 한 게 아닌지
참으로 희한한 일이라 하셨지
어느새 그 어머니
할머니 무덤 옆에
자그마한 무덤 이뤄 노랗게노랗게
개민들레꽃이나 피워내고 저승에서
날아온 말벌들 붕붕붕
꽃 속에서 이승의 부질없음 꿈꾸느니
내 귓속 가득 붕붕붕

3

1994년 6월 17일
漢拏日報는 1면 머릿기사로 보도했다 급속히
제주섬 자연 생태계를 잠식하고 있어
자생식물 보호 대책이 시급하다고 15년 전
미국에서 목초 씨에 함께 섞여와
아무데나 살 만한 땅 차지해 뿌리박고
토박이 잡초들 야금야금 잠식해
세계화 들판 만들고 있단다 개민들레꽃이
아, 멋지고 멋진 세상

4

해가가고달이가도개민들레꽃은산야를휘덮고

* 산굼부리: 제주도 북제주군 조천읍 교래리 하동 동쪽에 있는 거대한 굼부리(분화구)의 산.

가로수

우리가 동백숲 이뤄 호젓이 있을 때 밤낮으로
온갖 새들 날아들었지 파닥파닥
새들은 우리 품안에서 노래했고
그 노랫소리에 우리는 미쳐나
터뜨렸네 꽃망울들 새빨갛게
신제주 생겨나고 서광로 크게 뚫리면서
가로수로 팔려왔네 우리는
10년 넘게 살았어도 잡새
한 마리 날아들지 않았네 이제
동백나무가 아니야 날마다
먼지나 뒤집어쓰는 가로수일 따름
무더운 여름날 행인들에게 새파랗게
그늘 하나 만들어주지 못하네
질주하는 자동차 먼지나 뒤집어쓰며
우리는 동백나무가 아닌 것이야
철없는 새들 날아다니는 하늘이나 쳐다보며
이름조차 잃어버리고 잊어버리며
시들어 죽어가는 가로수에 지나지 않는 것을

틀니 만들기

썩은 이 뽑아도 아프구나
이미 새 이가 돋아나지 않을 것 안다
가파른 50고개 올라가며
세상 맛 잘 씹기 위해
썩은 이 뽑아내고 틀니 만들기로 했다
썩어가는 세상에서 뽑아낼 것 다 뽑아내서 제법
맛나는 세상 만들면 얼마나 좋겠냐고
삼환이가 말했다 썩은 이 뽑아내며
썩은 이 뽑던 어린 날 세상은
썩은 이가 있어 아름다웠다
그 아픔과 무서움과 함께
새 이가 돋아나는 간지러움
근심 젖은 할머니 한숨과 함께
잊어버려도 좋을 눈곱 낀 그리움과 함께
튼튼하게 만들어준 틀니 끼며
썩어 뽑힌 이 추억하며
썩어가는 세상 맛 잘 씹기로 했다
내가 썩어 문드러질 때까지

叩盆之嘆

거짓 죽어 그대 무덤에 부채질하는 아내에게
빼어난 권능 내보이고 이쁜
부채 하나 얻어낸 壯子여
그대 쓸데없는 시험이 착한 아내
도끼 들고 거짓 죽은 그대 머릿골
꺼내려 했도다 못된 壯子여
삶과 죽음 초월한 그대 아내
우물에 빠져죽게 했도다 괜히
골렸다 아무리 후회해도
인간은 때로는 부정한 것
생명은 오로지 한 번씩 귀중한 것
이미 부질없도다 꿈속에서
그대 살아 있음도
오늘날
정부와 놀아난 앤티장자주의 아내에게 더러는
확실히 죽는 남편도 만나느니
허물어져가는 위대한 동양 문화여
어차피 우리는 사탄이 될 수 없건만
빛나는 욕정에 사로잡혀서

岩 梅

냥떠러지 깎아지른 바위
어디쯤 수십 년 모진
설한풍에도 끄떡없이
목숨 붙여 파랗게
철따라 꽃들 피워내느니
새파란 세상 속 새하얀 세상

차가운 바위에 빌붙어
살아가기도 힘들 텐데
꽃까지 피워내는 뜻은 뭘까 고고함
꽃 향기 쓸쓸히 바위 울리고

고고함일까
이 시대 고고함이란 돼지죽 먹기
비천한 발걸음
눈물꽃만 덧없이

밀레의 집

보랏빛 바르비종 석양 눈부시게 받으며
'만종' 소리 그리며 '이삭 줍는 여인들' 살던 곳
초라하게 이층집 하나 담쟁이덩굴 두르고
한적한 거리 한 모퉁이에 있었네
손녀가 할아비 작품 몇 점 모아 걸어놓고
작업하던 모습 지키며 관광객이 주는 몇 푼 돈으로 살았다네
그 손녀 죽고 대가 끊기자
외딴 할아비 하나 관리인 되어
이 집 찾아드는 사람들 맞아 몇 푼 추억으로 살고 있었네
불쌍한 밀레여
그대 예술은 불후의 한 장 마련했지만
그대가 바라보던 태양
겨울 하늘에서 지는 소리 들으며
그대 살던 마구간 같은 집
달콤한 피곤에 젖어 바라보느니
밀레여 우리에게 집이란 무엇인가

憂鬱 · 1

누렇게 녹슬어가는 슬픔이 세계의 끝에서
오고 중얼중얼
꽃잎 지듯 망각의 저편
그림자 하나
비어가고 쓸쓸히
오늘도 이마에 드리워진
머리칼 침침하게 끔뻑끔뻑
저물어드는 기억의 하이얀 길들
이미 목숨 속에 뻥 뚫린 하늘 구멍
날아오르는 까악까악
까마귀 한 마리
하늘 구멍 지우며 시커멓게

憂鬱 · 2

슬픈 것들은 어째서
안 보이는 데로만 슬려가는가
우주는 만날 때마다 어째서
조금씩 더 넓어져가는가
나도 이제는 조금 더
안 보이는 데로 내려야 할 때
63빌딩 높은 꼭대기
송파구 신천동 초라한 미성아파트
찬란한 영광의 함성 언제나
들려오는 올림픽공원 5백 원짜리
커피 파는 아낙네 고달픈 발길 소리에
눈뜨는 석촌호수 무수히
사람들 앉았다 떠난
낡은 벤치에도 서울서울
병든 사랑 흐르는
한강에도 흘러가는 동안
새파란 핏줄 속
게으름, 萬里長城, 몽파르나스, 괴테 하우스, 꿈
번뇌……껍데기 하얗게
눈이 내려

憂鬱 · 3

장엄한 날아오름이었네 40년 동안
황금빛 물결에 발목 적셔
물 이랑 만들었어도
늘 곁에 있던 벙어리 우레여
이미 불타오르던 정오도 비껴가고
젖은 이마 말리는 바람 일어
그대에게 가느니
그대 혼 속에서 마침내 터지는 우레
내 혼 갈가리 찢어놓을 날은?

소멸에 대하여

우리 세상은 그리 넓지 않았네
불편했지만 잠잘 때 그럭저럭 깊은 잠 들었고
아침 저녁 비바람 눈보라칠 때도
굶주려 죽지 않았지 찐고구마나 먹으며

그게 생각해보면 모두 조상 은덕이라고
생사 달리했지만 조상 은덕은 갚아야 한다고
깊은 한숨 몰아쉬며 소슬한
조금 더 나은 삶 참으로 살아야 된다고

우리는 꿈꿔왔었네
어디 우리가 만난 삶이 비천한 것들뿐이었을까
조금 더 손해보면서 살자고
민주 세상이 어떤 것인지 연둣빛

밤하늘엔 새하얗게 별들 빛나지만
안경알 닦고 안경 끼고
앞을 보면 잿빛 안개 자욱이 추운 세상
거짓 사랑에 취한 녀석들

처마끝에 지는 낙숫물 속에
고장난 시계 소리 묻노니
떨어지는 낙하의 가벼움이여
그 집 이미 헐렸지만

슬픔 혹은 새에게

1

날지 못하는 새여
실은 내 가슴속에서 오랫동안
날아다니던 슬픔이었다 새여
오늘 봄바람 불어 천지가
하나로 새파랗게 출렁이게
새를 불러내려 유혹하지만
깡충깡충 새는 날지 못한다
새여 병들지 않는 것 무엇 있겠느냐
우리의 슬픔도 크게 병들어
어디 날아다니지 못할 뿐이겠느냐
어느새 노래조차 잊어버렸다

2

꽁꽁 얼어붙은 땅속에서 잠자는 풀뿌리들
햇볕이 꼬여낸다 나오너라 이 환한 세상으로
내 슬픔은 무엇인가 새여
꼭꼭 숨어라 나와봤자 배고픈 마소들

먹이가 될 뿐이다 새여
먹이가 될지언정 캄캄한 세상 뚫고 나와
환한 세상에서 춤추는 바람 만나 더불어
춤을 추자, 춤추자 미쳐나게
그러나 눈먼 슬픔일 뿐

3

울안에서만 자유로운가 우리의 슬픔은
뉘 만들었나 하느님일까
카인의 후예들 지옥 만들었지 그뿐일까
인조 인간까지 만들어내는 세상살이
우리는 슬픔이 있어 죽는다 새여
영원히 살기를 꿈꾸는 인간들 있어
새로운 슬픔은 그래서 생겨난다
병들어 죽어가는 우리가 천국을 어떻게 꿈꾸랴
부러진 날개 벙어리 자유여
날아다니며 노래부를 수 있어야 천국인 것을
나만 있고 우리는 없는 세상에서
우리만 있고 나는 없는 세상에서 새여

옛날 스팅커라는 선생이

옛날 옛적 스팅커라는 선생이 살고 있었네라
큰 학문도 없고 가르침도 시원찮고
돈 버는 술수
패거리 만드는 지모
뛰어나 학교를 자기 학교인 양
주물렀네 학생들에겐 엉터리 욕을 먹지만
어쩌다 만나면 정치도 백도 모르는 선생들
교묘하게 겁주며
개고기나 술 뺏아먹으며
원로의 의자 삐걱이고 있었네라
그 선생 술수 더욱 높아졌지만
살아서나
죽어서나
세월이 약이라 했지
이제 와 생각해보니
한 마리 허깨비였던 것을
세상은 때로
그런 선생 손에서 놀고 놀아나느니
아아
우리가 겁낸 것은 그 술수였을까

그 시대였을까
그 선생이었을까

하 루

개밥 먹는 사람에게 하루란 얼마나 캄캄한 것일까
꿈은 캄캄한 새벽 떠나서 아직도 돌아올 줄 모른다
새벽은 어디쯤 나앉아 꿈을 기다리며 저물고 있을까
기다림으로 하루를 사는 사람에게는 하루 일이 얼마나 미친 짓일까
기다림은 기다리는 사람에게 미약에 지나지 않느니
그것이 속임수 그놈인 것을 알건만
지는 해, 길 잃은 새벽, 꿈, 기다림을 기다리느니
차가운 발걸음들

드디어

새벽이 처음 열리고 떠남도 돌아옴도 정지되어 가고 있다
드디어
잊을 것 다 잊고
잊는 법까지 잊어버릴 때
빈 나뭇가지에
첫
눈
걸
리
듯

참새의 죽음

출근길에 보았다 참새 한 마리
여윈 다리 오므리고 모로 쓰러져 죽어 있었다
참새야, 누가 죽였니?
참새야, 가족은 있니?
참새야, 너의 나라는 어디에 있니?
참새야, 너의 나라는 그래 있기는 있니?
죽는다는 것이야 살아 있는 것들
한 번씩 죽게 마련이지만 홀로
죽는다는 것은 얼마든지 쓸쓸한 일이다 아무도 없이
너의 죽음을 아는 이 아무도 없음에야
함께 푸른 하늘 날며 푸른 눈짓 주고받던
네 친구들은 어디에 있니, 참새야?
나무에서 나무로 참새 길 내어 하늘하늘
날아다닐 적엔 차마
땅 위에 떨어져 개미 밥 될 줄 몰랐지?
참새야, 하늘하늘 날아다니며
네 세상만 같던 이 세상이
우습게만 보이던 개미들에게 먹히는
퀴퀴한 네 죽음이 이렇게
부질없을 줄 몰랐지 차마? 그러나

네가 죽어도 이 세상은 아무것도 달라지는 게 없단다, 참새야

우리의 祈禱

새해엔 직선제 개헌이 되도록 하소서
새해엔 내각제 개헌이 되도록 하소서
새해엔 꼭 당선되도록 하소서
새해엔 꼭 당첨되도록 하소서
새해엔 꼭 합격하게 하소서
새해엔 꼭 승진하게 하소서
새해엔 꼭 결혼하게 하소서
새해엔 도둑놈들 많이많이 잡게 하소서
새해엔 도둑질할 때마다 잡히지 않게 하소서
새해엔 월급을 많이 올려주게 하소서
새해엔 물가를 한푼도 올려주지 마소서
돈 많이 쓰게 하소서
돈 많이 벌게 하소서
건강하게 하소서
아픈 사람 많이 생겨나게 하소서
술이나 마시고 잠이나 자게 하소서
제발 꿈이 없는 사람 꿈꾸게 하소서
그러나 아무 말도 없으신 우리의 하느님
얼마나 잘 만드셨냐
아름다운 바람과 먼지 세상

이쥐가저쥐꼬릴물고저쥐가이쥐꼬릴물고

옛날옛날한옛날에하나임금이태평성대를만들어살고있었습니다이임금에게는공주하나가천하일색이있었습니다어느새사윗감을골라결혼을시켜야될나이에이르렀습니다천하에부마감을공채하게되었습니다자격으로는해외유학을했거나박사거나병역을마쳤거나따위는없었습니다신분도나이도잘나고못나고하는제한규정이없었습니다다만옛이야기를임금님이싫증이나서그만! 할때까지계속할수있는사람이면합격이라는것이었습니다

이공채공고를보고천하에서재주있는선비들이저마다제옛얘기재주를뽑내려고임금님께로갔습니다하루에도몇백명씩몰려갔지만모두불합격맞았습니다이제는감히나서는이가한사람도없었습니다그때탐라고을에홀로살던한어부가이소문을듣고그런쉬운문제를해결하지못하는선비들을속으로나무랐습니다한어부는테우*를저어제주바다수평선을아득히자기죽음을넘어갔습니다

임금님은한어부의거지꼴을보고한숨을내쉬었습니다그러나길고짧은것은대봐야아는법한어부는합격이되어도부마가될뜻이전혀없다고분명히밝혔습니다그래서옛얘기는시작이되었습니다

탐라고을에큰흉년이들어먹고살수없을때어진선비하

나가고을사람들목숨을건지려고쌀을구하려제주바달건너육지로갔습니다어진선비는쌀을여러천섬배하나가득싣고제주바달건너오기시작했습니다쌀을훔쳐먹던쥐들도이배에탔습니다이쥐들을본선비는쌀을한톨도축낼수없었습니다쥐잡기에나섰습니다잡는족족바다에내던졌습니다쥐들은바닷물에빠져도살기위해헤엄을쳤습니다이쥐가저쥐꼬릴물었습니다그래서제주바달건너옵니다

이쥐가저쥐꼬릴물고

저쥐가이쥐꼬릴물고……

한어부는이말만몇날이고며칠이고되풀이했습니다하나도재미가없어진옛얘기에임금님은인내의껍질을벗기며마침내졸음에겨워물었습니다

—아직도쥐들이제주바달다못건넜는고?

—예아직도한바다에서이쥐가저쥐꼬릴물고저쥐가이쥐꼬릴물고건너오고있습니다

옛얘기는계속되었습니다

이쥐가저쥐꼬릴물고

저쥐가이쥐꼬릴물고

임금님은일년도못돼그만!했습니다

임금님은공주와결혼해부마가되라고일렀지만한어부

는자기약속을지켜공주와결혼을하지않았습니다어떤이
들은공주와결혼해서행복하게살았다고길길이우깁니다
만그것은허영심에서생겨난욕심일따름입니다한어부는
건너갔던제주바다수평선을하얗게되건너와탐라고을에
서하얀파도나재우며고기잡이하며오래오래살았습니다
내친구하나는어제도바닷가에서한어부를봤다고합디다

* 테우: 둥근 통나무를 엮어서 만든 원시적인 배.

우리 시대의 帝王

잠을 잔다 너는 잠에 시달리며 출근한다
잠에서 깨어난다 출근하기 위해
너와 비슷한 동료들 급수가 같거나 높거나 낮거나
주량이 비슷하거나 고래거나 고양이 새끼거나
고스톱 칠 때는 평등하다
이번은 너가 내거나 말거나 와리깡을 하거나 사바사바를 하거나
한 달에 몇 번일까 라면을 먹어야 되는 월급쟁인 자유롭다
자가용도 몰고 버스, 택시, 전철도 타고 여객기도 낚싯배도 타고
허리 펴고 누울 집도 있다 아내도
자식도 있다 부모도 형제도 있다
TV도 보고 신문도 읽고 잡지도 들추고
올바른 생각도 한다 부처님 예수님
간사한 생각도 한다 부처님 예수님 개구리 운동장
영화도 연극도 보고 음악회에도 간다
사랑도 미움도 애정 결핍 광증을 앓고 있는
이 시대를 구할 능력도 있지만
남들 저주하고 질투하고 화내고 때리고 가둘 자유도

재판할 능력도 있지만 엄벙덤벙
날이면 날마다 쉽게 만나는
메추라기 얼굴 쏙 빼닮은 우리 시대의 제왕이여
나, 나, 나, 나여 우리여 밤마다
자유민주주의를 꿈꾸며 잠을 잔다 오늘밤에도

선작지왓*

태고 정적들 모여 모두 꿈속에 있다
인적이란 그림자조차 없다 안개와 빛
어둠과 바람과 몇몇 난쟁이
푸나무들 살고 있을 뿐

아니다 산 정령들 모여 함께 살고 있다
이곳에 오면 말을 잃어버린다
육신 불태워 흩뿌리게 하고 안개 속에
혼을 묻은 산사나이 하나도

20세기 최후의 낭만주의자
소리쳐 불러보아도 그리운 이름만
안개 속으로 흩어질 뿐 안개 속으로

동서남북 보이지 않는다 귀기울이면
어디선가 어이! 어이! 코맹맹이 소리
보랏빛 속으로 잦아들 뿐

* 선작지왓: 한라산 국립공원 웃세오름 남쪽의 드넓은 벌판.

못된 글 나라에 이르는 길

옛날 옛적
별것도 아닌 게 알고 보니
한 나라 한 시대를 망치려 했구나
인간 공불 일본 제국주의식으로 한 게
글쟁이들 글쓰기를 망쳐놓으려 했구나
부실 공사 아스팔트 길 내고
돼지 몰 듯 그 길로 몰아넣었구나
백성들을 불쌍하게
돼지 몰 듯 오른쪽 길로만 가라
자유와 꿈이 있는 길이라고
길도 잘 모르면서
글쟁이들 자유도 정신도
때리고 밥터에서 내쫓으며
불장난치던 무서운 악동 하나
지금도 소신엔 변함없다
반듯이 넥타이 매고 거만스레 나앉아
구부러진 앵무새 입술 나불나불
나불대는구나……구나!
어제까지만 해도 이들의 세상, 오늘은?

바람 부는 날 바람 따라

바람 부는 날 바람 따라 슬려가는
나는 바람이 되고 바람은 제 갈 길 가네
바람은 골목 지나 한길로 가지만
앞으로만 내달려갈 뿐 뒤돌아보지 않네
후회, 번민, 고독, 어두움 아랑곳 않네
바람이여
바닷가에서 나는 보았네 죽은 물새떼
게, 고둥, 톳, 말미잘, 새우들 시커멓게 죽어
검은 물결 밀려오고 밀려가고
수평선은 눈짓해 부르지만 유조선들 나자빠지고 자꾸만
건너오는 고기잡이 중국 배들뿐
중국산 우럭, 갈치, 옥도미까지 어시장 진열대 채우고 싸구려
바다 냄새 눈시울 뜨겁게 하네
산이나 들판 내달려봐도 공해에 찌들어
눈뜰 때 아픔이 아지랑이 만들 뿐
이쯤에서 헤어지자 너를 따라
다니는 이 시대 곳곳엔 외국산 부질없음만 만발한 것을

다만 네가 가는 길에 동박꽃 피어나고
눈먼 동박새 한 마리
쓸쓸히 노래하고 있거든 아직
나 죽지 않고 살아 있다고
바람이여 안부나 전해다오

水彩畵

유채꽃밭 넘으면 바다였다 나비 한 마리 날지 않는다
바다는 파란 물결 만들며 파랗게 있었다 갈매기 한 마리 날지 않는다
바다 건너면 백사장이 하얗게 잠자고 아이 하나 놀지 않는다
백사장 건너면 아직도 초가 마을이 있었다 마을 사람이 안 보인다
초가 마을 건너면 들판, 소 한 마리 보이지 않는다
들판 건너면 보랏빛 산이 누워 있다 짐승들이 없다
산 건너야 흰구름 떠다니는 하늘이 있다 하느님이 안 보인다
하늘은 오늘도 하늘이다
빌어먹을 시간도 숨죽여 있다
아, 100호짜리 극락 세계
그 속으로 갈 수 없다 나는

나 는

도깨비풀 같은 것이었다
노래부르는 것은 새들뿐인 줄 알았다
구름도 바람도 꽃들까지 노래부르던 것을
언제부터였을까
돌아갈 곳 없는
길 위에서 저물어드는
한 잎 바람으로 슬리노니

건강 진단

조반 굶고 건강 진단한다
키는? 1미터 70
그러나 안 보이는 힘에 눌려설까
2센티나 줄었다
몸무게는? 75킬로
못된 제주 바람에 시달려설까
5킬로나 무거워졌다
눈은? 색맹 없음, 파랑이 파랑으로 보인다 그러나
세상이 거꾸로 이따금 옆으로 보인다
세상이 아무리 밝아져가도 캄캄하게 보일 적이 많아져간다
귀는? 이따금 정의가 폭력으로 경제가 정치로
이따금 문학이 유행으로 들려온다
노래부르는 사람 하나 없어도
'희망가' '선구자' 따위가 들려오기도 한다
이는? 어금니가 여섯 개나 빠져 세상 맛 못 씹고 있다
썩어가는 세월
X-레이 찍고 피 뽑고
올해도 건강 진단 마친다
그때 누가 말했다
비교적 건강하시군!

내 꿈속의 가장 슬픈 풍경

비틀거리다 비틀비틀
푸르름에 홀려
아득함으로
아득함에 취해 푸르르르
푸르름 속을 날아가는
노래 잃은 새 한 마리 바라보느니
사랑조차 사라져가는 시대
시공이 허물어져
백지장처럼
비어가는
너와 나 사이
갈 곳 없어 별수없이
비천하게 살아남아

나의 쓸쓸한 너의 뒷모습

신천동 지하철 부근
떡장수 아줌마 떡 파는 떡판 부근
삼성동—김포공항 좌석버스에 쪼그려앉아
때로 왔다 서울 떠날 때 바라보는
나의 쓸쓸한 너의 뒷모습
이문동 부근
서교동 부근
청진동, 아니다
롯데백화점
바람 부는 압구정동, 아니다
잠실 5단지 장미아파트 부근
미국서 개인 이기주의 공부해왔다는 아줌마 흉측하게
얼굴 없이 마귀 목소리 떠도는
한강 건너가며
바라보는 서울
성수대교 무너지든 말든
한강은 흘러간다
시민이 못된 시민, 도민, 군민, 면민, 이민도 흘러
간다
명동에서 신촌에서 여의도에서, 아니다

남대문시장이나 동대문운동장, 아니다
서울역 부근
광화문 부근
강동성심병원에서 명동성당 명동에서
오른쪽으로 오른쪽으로만
쓰러지던 나의 쓸쓸한 너의 뒷모습

부끄러운 날

누가 5월은 푸르다 했는가 비지땀만
흘러내려 노랗구나 세상은
화안히 밝은데 똥개들 다니는 거리
주인들도 다니지만 한 마리 똥개도
없는 자 부끄러워라 사철탕
오리탕, 토끼탕까지 한탕 두탕
부지런히 들락이며 돈 모으기
때로 권세 부리기 무섭게
5천억, 1조 원도 더 만들어내는 이들 있어
놀라워라 미쳐야 정상일까 오로지
술자리에 들면 한잔 술도 못 마시고
노래방에 들면 「희망가」나 겨우 불러
똥친 막대꼴 되어
새로 유행하는 신나는 분위기 망쳐놓으며
부끄러워라 비슷비슷한 시나 쓰며
위대한 독자들 비웃음 받으며 어쩌면
그 비웃음조차 받지 못하며
밥벌이 글쓰기 위해 보들레르나 불쌍하게 뒤적이며
그래 조금 더 죽음 가까이에서
드뷔시의 「목신의 오후에의 전주곡」이나 듣자니

참으로 부끄러운 날
가족들 외식 한번 못 시켜주는
차는 있어도 드라이브 한번 못 시켜주는
아비의 못난 얼굴을 처음 본 날

作 別

누구일까 찾는 이 있다면 이어도에 갔다 하라
불씨 하나 얻으러
50여 년 동안
간직해온 꿈의 불씨
이미 꺼졌도다 누더기 그리움이여
허무의 불 담는 그릇 들고
눈물조차 메말라든 길 따라
길을 지우며 눈보라 속 어정어정
갔다 하라 삔 발목 절룩이며
불 꺼진 집 영하로 얼어붙어
누구일까 찾는 이 없겠지만
그림자까지 차곡차곡
접어놓고 떠났다 하라
내가 사랑한 이 세상에서
만났던 놀라움, 슬픔, 번뇌 그리고 허망함
눈보라 속을
빈 몸 하나 캄캄하게

황금빛 봄날에

하늘은 허무로 빚은 커다란 종
하늘이여 종 안에 갇힌 눈먼 귀머거리
뉘 이 종 치는 것이냐
푸르름 거센 물결에 밀려 끊임없이
노역의 꽃잎들 피어나는구나
종소리 속으로 날아가는 꽃잎꽃잎
황금빛 가득히 눈부신 봄날에

釜 山

제주 바다 건너 추적추적
낙동강 건너 늦가을비 내리는
구포다리 건너 부산으로 간다
월급 받을 때 쓸 막도장 새겨오랬지
그래 월급은 소중하다 삶의 끈이므로
4천 원짜리 나무 도장 팠다
유격 훈련 가서 비탈길 구보하다 넘어져
왼쪽 다리 엉덩이 허리 뼈까지 다쳤다지
길이란 모두 인간들 있는 곳으로 통한다지만
길은 그저 있을 뿐이다
우리가 가는 길이 우리 시대의 길일까
아니다 중요한 것은 네가 가야 할 길이 있을 뿐이다
통합병원이 어디 있는지 모르지만
군화 아저씨 인도하는 데로
봉고차 타고 엄마랑 간다
낯선 부산 그러나 이 세상
어디 낯설지 않은 곳 있으랴
휠체어에 앉아 있는 네 모습 그려보며
늦가을비 내리는 부산 초라하게

엄마는 김밥 만들어 싸들고
비 맞으며 네게로 간다 추적추적

병든 가을

낡은 세상 고쳐 짓기 위해
목마름에 헐떡이며
억새꽃 날리는
금수강산 삼천리
하얗게 숨죽여가고 있을 때
남루한 역사여 참담한 자유여
좌측 통행
우측 통행
눈앞이 캄캄하게
쾌락 속에서 밀리며 밟히며 철썩철썩
개 양심 파는 개장수들과 싸우며 멍멍멍
죽음의 바다에 이르는 길 찾는 동안
개 같은 시간이여
10년이나 흘러갔고나
삶이 낳는 억압의 새끼들
쾌락이 낳는 고통의 새끼들
이 세상에 허망의 감옥 짓는 동안
길 잃은 그리움이여
아스라이 찬비 내리는
내 가슴속

어느 병든 하늘 날아오르고 있니?
떨어지면 흙이 될 꿈 꾸며

地尾峰*

城山日出峰, 牛島 전경 이루고 누웠다
푸른 물결 가르며 고기잡이 배들
관광객 태운 배들 떠다니고 있다

바람도 어디에 가 나자빠져 잠들고 없다
이곳에 사는 주민들 들과 밭과 바닷가에서
삶의 가난한 풍경 만들고 있다

태홍의 어머니 80평생 마치고
地尾峰 동녘 늦가을 햇살 잦아드는
땅속에 묻혔다 이름 모를 들꽃들 배롱배롱

낯선 발길에 놀라 노랗게 하얗게 보랏빛 꽃
토해낸다 슬픔이 깊을 때는
눈물조차 캄캄하지 어린 날 태홍이 홀로

때론 동네 친구들과 오르내리던 地尾峰
거기 햇살 파내 어머니 묻었지만
어쩌면 그도 묻힐 地尾峰

가파른 산길 미끄러져 내려오며 살펴보면
땅 끝이 아니라 차라리 시작인 地尾峰
들까마귀들 들판 가득 날아오르고

* 地尾峰: 제주도 북제주군 구좌읍 종달리 북쪽 바닷가에 있는 산.
높이 166.3미터.

달빛 소리에 대하여

오랫동안 책 세상 속에도
달빛이 없었구나 고작 베를렌의 「달빛」이거나
드뷔시의 「달빛」이거나 프랑스 달빛 소리만 즐겨 들었다
배고프던 시절 그토록 죽어가는 달빛은 아름다웠는데
그래 보리밭 하나 풋풋이 넘쳐나던 달빛이거나
임자 없는 동네 묘지에 그득 쏟아져내리던 달빛이거나
얼굴조차 모르는 할아버지 제사 먹고 돌아올 때
조그만 발길에 밟혀 파랗게 자빠지던 달빛이거나
무더위 식히려 산보 가던 제주시 서부두
바닷물결에 하얗게 출렁이던 달빛이거나
내 달빛은 어디에 있지?
언제 다 잃어버렸지? 내 유년
잃어버린 것인가? 잊어버린 것인가?
11월 기우는 달 훔쳐보며 달빛 소릴 듣는다
내 발길에 짓밟혀 죽어가는
누구의 달빛일까 끼익끼익

片 紙

섬 하나 태평양으로 떠나갈 듯
천지가 시커멓게
거센 바람 불고 심장조차
새하얗게 얼어붙게 눈이
쏟아지고 창문이
집채만한 파도 일 듯
흔들립니다 어머니
그곳에도 눈보라칩니까
춥습니까 추우시면
여름철 러닝 셔츠라도 하나 더
껴입으십시오 조금씩
뜨거워진다지만 이 세상은
살아도살아도 조금씩
더 캄캄해집니다 언제면
눈부신 대낮 한번 살겠습니까
우리 식구들은 저녁 먹고
TV 앞에 둘러앉아
홍성원의 「먼동」을 보고 있습니다
아무리 뒤돌아보아도 부끄러움뿐입니다 어머니

미국산 오렌지나 까먹으며

우루과이 라운드다 농산물 시장 개방이다 한때
귤나무 한 그루 없는 우리를 괴롭혔구나
몇 년이 지나갔나 오렌지를 미국에서 수입한다고
미국 오렌지를 수입해도 제주 오렌지가 우수해서
걱정할 것 하나 없다고 TV에 나와 이 사람 저 사람
전문가답게 유창하게 말했네 양만 줄인다면
우리가 얼마든지 이길 수 있다고
그래 身土不二, 우리가 우리 농산물만 사 먹는다면
그러나 사정은 그리 안 됐네
미국 오렌지가 들어오자 한번 맛이나 보자고
Kg에 5천 원 주면 여덟 개나 살 수 있다고
슈퍼로 몰려가 너도나도 사서 맛보았네
중학생 되어 처음 하던 영어 공부처럼 맛도 기분도
좋았네
하늘 天, 따 地보다 훨씬
그때도 영어 잘해야 우등생 되었지
오늘날 영어로 회의하는 회사도 생겨나고
초등학교에선 영어를 배우고
세계화 시대를 살고 있는 우리
양담배 피우면 잡혀가던 시절이 있었지

국산 담배와 나란히 담배 가게에 나앉아 있는 양담배
그런데 우리는 시방 어디에 있지?
우리는 어디로 가지?
돈 케어, 사나가비치!*
남몰래 서툰 영어 몇 마디 연습하면서
양담배 꼬나물고 미국산 오렌지나 까먹으며
민주화로, 세계화로?

* Don't care, son of a bitch !

어느새

무정 세월 자근자근
되새김질하다 보면
어찔어찔
어느새
짙노란 가을빛
뼛속 깊숙이
날아오르건만

세상이 넓어질수록

세상이 넓어질수록
내 세상 좁아져가고
어딜 가도 자동차에 쫓기는 세상
별별 고약한 자동차들 법석 떠는구나
자기네 세상 만든다고 하찮은 녀석들
빵빵 하찮은 세상 만드는구나
자동차 타면 가는 곳 밥세상이지만
때로 반가운 친구들
만나는 길이 열려
나는 간다
저승 갈 때도 자동차 타야 가느니
빵빵 남의 자동차 타고

지상에 살아 있는 동안

배워야 한다 지상에 살아 있는 동안
배운다는 것은 사랑한다는 것 아니겠느냐
잘못 살아왔다 우리는 오래 살 것같이
부지런해야 한다 뜨고 지고
해는 나날을 만드는데 어떤 날은
살아왔다 별이 뜨는 줄도 잊은 채
살아가야 할 시간이 이제 많지 않다
우리는 독재에 맞서 싸웠고
자유를 위해 싸웠고
평등을 위해 싸웠다
독재는 사라졌는가
자유는 성취되었는가
평등은 이뤄졌는가
시간이 얼마 남지 않았다
짧은 시간
마지막 불 지펴야겠다 가슴가슴
고마워할 일이다 아무리 얻는 게 비천하다 할지라도
이 시대 과연 커다란 무엇을 얻겠느냐
애써 버릴 일이다 허욕이 생긴다면
햇볕 다사롭게 출렁이는 어느 날

한숨 거둘 때 훌훌 빈손으로
떠날 수 있게 아주 가볍게

제주 섬엔 까치가 살지 않았다

제주 섬엔 까치가 살지 않았다 바다 건너
몇 년 전 웬 신문사에서 까치 몇 마리 제주 섬에 살게 했다
고향 떠난 그 까치들 새 고향 만들어
제주 섬 산과 들에서 까치까치
새끼 낳고 그 새끼들 키워냈다 외로움 속에서 부지런히
사는 자들만 지상에 살아남는가 10년 세월이
제법 수를 불려 까치 섬을 만들어내고 있다
제주 섬엔 맹수들이 없었고 까치도 살지 않았다
이렇게 없는 것이 제주 섬의 큰 자랑이었다
어디 까치뿐이랴 가난한 섬이니깐
관광호텔, 비행기, 자동차, 고스톱, 컴퓨터도 살지 않았다
이제 제주 섬엔 모든 것이 산다
말하는 호랑이, 늑대, 이리…… 들이 산다
조선 팔도가 다 모여 산다 그러나
전철과 기차와 케이블 카가 살지 않는다
부동산 투기꾼들은 땅만 사놓고 살지 않는다
제주 섬의 三無는 '도둑, 거지, 대문 없다'에서

'전철, 기차, 케이블 카 없다'가 되어간다
오늘도 파닥파닥 제주 섬 하늘 가득 장엄하게
까치들은 날아오르고 까치까치까치……
제주 섬은 까치 세상이 되어간다

제주 토박이 말

낯선 이 만나면 외국어 같아서 쓸 수 없는 말
무싱 거렌 헴시냐
안 들렴싱게 하나토
안 들린덴 허는디
자꾸 무신 거렌 헴시냐
무시로 바람 부는 섬
자꾸 들리지 않아
목소리가 바다만큼 커진 제주 토박이 말
족은 섬이앵 해도
혼몸 재울 땅이 이성
죽어도 가난이 패난이난
느네 모심대로 무싱거든
느네 헐 거 다 허라
난 경 정 살당
죽어 지민 그뿐이주
죽을 때야 비로소 제주 토박이 말로 한마디하게 될까
이 섬사 사름 살 땅 아니주게

절망을 위하여

헛된 행복 뒤에 오는 기쁨을 믿지 말라
하루가 가고 한 달이 지나
보아라 기쁨은 우리를 그냥 두지 않는다
갈가리 찢어놓느니 우리의 그리움
비참하게 고뇌의 벼랑으로 떨어지는
끝에 매달려 힘 못 쓰는 우리들아
결코 눈감지 말라
마침내 망각의 강물에 떨어져 그 강물
아무리 깊어도 미련하게 익사하지 말라
강물의 깊이는 원래 흘러감으로 없는 것이다
만남과 헤어짐의 부질없음이여 속임수, 사랑,
미움, 간교함, 자기 기만으로 더 거세어진 강물에서
숨막히며 허우적거리다 거의거의 살아나면
삶과 죽음의 없음 깨달을 때
우리에겐 꿈꿀 게 과연 없는 것일까
비로소 우리들아
두 하늘 가득 차오는 달콤한 절망 꿈꾸게 될
그날은?

노 루

새 하늘
새 날
새 땅
날마다 열리는 것을 정말
몰랐네 눈이 침침하게
기다림 하나로
새 세상 꿈꾸는 동안
산과 바다까지 병들어가는 시대
멸종되어가던 노루들
다시 새끼 낳고 새끼 키워
깊은 골 푸른 들 새파랗게
영산홍 철쭉 꽃바다 이루어
새 하늘 열며
삶의 환희 밟아다니는
발걸음 소리 가득히
놀라움이여
새 한라산 만들고 있네

질경이풀

흙 묻은 채 뽑아낸 풀뿌리 하나
비바람 햇살 모아
자라나는 고통 재우려
빻는다 질척질척 아
사방으로 튀는
저녁
놀

산 봄날

산골짜기로 잦아드는 산골짜기로
연분홍 눈 녹는 소리
제비꽃, 철쭉, 진달래 꽃들 하나둘
물안개 속 부스스
눈뜰 때 어이— 어이
잠자던 메아리 하나
그리움의 둥지에서 깨어
부른다 친구 메아리
어이— 어이
짝 찾던 산꿩이 푸드덕 놀라
하늘로 푸드덕
날아오르는 연분홍
날갯짓 소리
깜짝 놀라워라 봄길 위에서
나도 연분홍으로 손끝까지 타오르는구나
어이— 어이
물안개 소리 되어

바닷가에서 보낸 한 철

暗行 1

수천만 년 푸르르르
세상살이 물결들 고르고 새하얗게
바람 일게 하여 황금빛
그리움 모두 모아
눈부신 무지개 하나 세우리
삶과 죽음 깨우치며 바다여
한평생 가난가난
그대 품안에서 연보랏빛
서러운 꿈
짓다 가리

오늘도 목숨 속엔 칼날 같은 수평선 눈떠 있어
나의 잠 흔들어 깨우고

暗行 2

맨발로 새파랗게
하늘빛 날아오름 빛는 아이들
아무리 불면을 뒤척여도
어김없이 아침과 저녁이 열려
억압과 굴종과 부끄러움 벗어놓을 때
그때야 보일까
찢긴 꿈 상처투성이 자유
피투성이 기다림이 새파랗게

暗行 3

게 잡고 고둥 잡고
여름날
푸르름 속에서 텀벙텀벙
시작이었네
어느새
허연 물결 한줌
머리에 이고 엄벙덤벙
찬바람에 슬려가는
겨울날
눈 비벼보아도 어둑어둑
만상은 하나로 저물어들고 철썩철썩

暗行 4

홀로 떠돌던 시간 접어
당신 꿈속에 들리 때로
내 남루한 세상 어지러이
당신 꿈속에 펼쳐놓으리
자고 깨면 잊어버릴 이 풍진 세상
어쩌다 문득 떠오를까
내가 내뿜던 한 가닥 긴
연보랏빛 한숨

暗行 5

사랑, 슬픔, 그리움, 괴로움……
그래, 모든 추상명사는 아름답다, 그런데
뭘 사랑하지?
뭘 슬픔하지?
뭘 그리움하지?
뭘 괴로움하지?
'푸름' 만 옳고 '푸르름' 은 틀린 이 사지선다형 시대에

暗行 6

억새꽃은 한시절 보잘 나위 없이
빈 들판 차지해 바람 불게 했구나
오늘
바람 자고
꽃대궁만 남은 억새꽃들
강의 마치고 나오다 보니
유리창 너머
그린벨트에 걸려 황폐한
교정 밖 억새풀밭
풀풀풀
억새꽃들 바람에 밀리며 길 잃고 어깨 비비며
어느 낯선 세상 떠돌고 있을까
짐승들 그림자 발길조차 끊긴
빈 가죽 가슴 한녘
목 잘린 절망 하나
꺼꾸러지고
나뒹굴고

暗行 7

나이 들면서 내일 오는 게 두려워진다
제발 내일이여 오지 말아다오
오늘도 친구 하나 세상 떴지
젊은 날 내일은 얼마나 큰 사랑이었나
내일은 얼마나 찬란할 꿈이었나
오늘이 비천하면 할수록 내일은 얼마나 큰 그리움이었나
밤잠이 사라져간다
뜬눈으로 오늘을 산다
내일이 없다

마지막 詩

1

엉터리들 아옹다옹 사는 세계
달걀 깨듯 깨어버리자
얼마나 오랜 시간 원수여
거친 꿈에 시달렸나

추잡한 인연과 몰이해 뜨고 지고
번민과 고통
사랑과 슬픔
위선과 갈등, 생존 경쟁……

세 끼 밥 먹는 데 바친 오랜 시간이여
두 끼만 먹어도 죽지 않았을 것을
후회해도 소용없는 휘파람이나 불며

같은 하늘 아래 살고 싶지 않은 녀석들
나는 가네 엉터리들 만드는 세계
달걀 깨듯 깨어버리자

2

속곳부터 러닝 셔츠, 와이셔츠, 넥타이, 양복, 허리
띠, 양말, 구두, 안경……
장사꾼들 만들어놓은 것들 몇 푼 줘
입고, 쓰고, 신고 다니면서 그래도
행복했는가 한글, 한문, 영어, 프랑스어, 라틴어
조금씩 익히고 그 세상에서
행복했는가 시 몇 편 남의 언어로 읽고 쓰고 말없이
빈손 들고 나는 가네 그리운 이들이여

3

나는 가네 어딘지는 알 수 없지만
오늘 아니 내일
도망이라도 가야지 저 푸른 하늘 깊숙이
날아가는 새처럼 지상에
뜻을 두지 말라 두어 푼짜리
떠나는 것만으로 황홀해하라
올 때는 울음 울고 시끄러웠지만

갈 때는 바람이
간만을 빠져나가듯
그래서 잦아드는 것일 뿐 헛되이
세상 속에 수평선을 세우려 말라 시름시름
기억 속을 빠져나가는 것일 뿐이어니

〈해 설〉

정체성의 상실, 그 위기의 시대

김 동 원

그는 "가파른 50고개"(p. 33)를 올라가고 있다. 나이가 50을 넘겼다는 얘기이다. 문충성이 50의 나이를 넘겼음은 그의 새 시집 여기저기서 확인이 된다. 50이란 나이는 그의 전언에 따르면 "나이 들면서 내일 오는 게 두려워"(p. 97)지는 나이이며, 때문에 그의 시선은 앞을 향하여 분주하기보다 뒤를 돌아보는 회상의 빛깔에 물들어 있다. 보통 그 회상의 자리에 선 사람들에게서 우리들이 듣게 되는 언어는 살아온 세월의 깊이를 통하여 얻어낸 달관이나 해탈의 깨달음이다. 하지만 문충성이 돌아보는 회상의 시선 끝에서 묻어나는 것은 절망과 슬픔이다.

절망이었네 바다여
젊은 날 끊임없이
떠남을 충동질해서

누더기 세상 여기저기
떠돌아다녔지만 절망절망
더 깊어진 절망이여 —「새하얀 대낮에」에서

누렇게 녹슬어가는 슬픔이 세계의 끝에서
오고 중얼중얼
꽃잎 지듯 망각의 저편
그림자 하나
비어가고 쓸쓸히 —「憂鬱 · 1」에서

그렇다면 그 절망과 슬픔은 어디에서 오는 것일까. 사람들은 우선 50을 넘겼다는 그의 나이에 현혹될지 모른다. 나이를 먹는다는 것은 대체로 슬픈 일이 될 테니까. 그러나 시집 속의 목소리들은 그런 짐작과는 멀찌감치 거리를 두고 있다. 문충성에게 있어 그가 50의 나이에 겪고 있는 슬픔과 절망은 정체성의 상실에 그 연유를 두고 있다.

그러면 정체성이란 무엇일까. 그것은 나를 나답게, 우리를 우리답게, 더욱 구체적으로 동백을 동백답게, 제주를 제주답게 해주는 것이다. 그 정체성은 오랜 세월을 통하여 쌓여 나를 이루고, 우리를 이루고, 동백과 제주를 이룬다. 문충성에게 있어 그 정체성은 곧 살아 있음의 다른 이름이다. 때문에 동백은 그것의 정체성을 갖고 있을 때 살아 있는 생명에 값한다.

우리가 동백숲 이뤄 호젓이 있을 때 밤낮으로

온갖 새들 날아들었지 파닥파닥
새들은 우리 품안에서 노래했고
그 노랫소리에 우리는 미쳐나
터뜨렸네 꽃망울들 새빨갛게 ―「가로수」에서

그러나 "신제주 생겨나고 서광로 크게 뚫리면서/가로수로 팔려"온 그 동백은 그만 정체성을 잃고 만다. '가로수'로 전락한 그 정체성의 상실은 시인에게 있어 곧 죽음과 다름없는 삶이다.

10년 넘게 살았어도 잡새
한 마리 날아들지 않았네 이제
동백나무가 아니야 날마다
먼지나 뒤집어쓰는 가로수일 따름
무더운 여름날 행인들에게 새파랗게
그늘 하나 만들어주지 못하네
질주하는 자동차 먼지나 뒤집어쓰며
우리는 동백나무가 아닌 것이야
철없는 새들 날아다니는 하늘이나 쳐다보며
이름조차 잃어버리고 잊어버리며
시들어 죽어가는 가로수에 지나지 않는 것을
―「가로수」에서

이러한 정체성의 상실은 제주라는 섬의 경우에도 마찬가지이다. 문충성의 주요한 시적 주제가 되어온 제주는 신화와 현실을 넘나들며 그 정체성을 구축한다. 우선 신화를 통한 제주의 정체성은 "5천 년도 더 거슬러 올라가서/땅을 열고 나온/고양부 삼신인(高梁夫 三神人)"의 신화를 통하여 "탐라(耽羅) 나라"로 이어지고 이는 "삼다(三多), 삼무(三無)의 꿈"으로 엮어져나간다. 그러나 이제 그 제주가 간직한 신화적 정체성은 책 속에서나 만날 수 있는 유물일 뿐이다.

耽羅는 때로 책 세상 속에서나 만날 뿐 —「三姓穴」에서

제주는 신화로 축성된 정체성과 더불어 역사를 겪어오며 또 하나의 얼굴을 가진다. 그 얼굴은 4·3 사태라는 이름으로 남아 엄연한 제주 역사의 한 부분을 이루고 있다. 들추어 살펴보면 그것은 "닭소리도 한데 어울려 살던 사철/무시로 바람 불던 섬마을" 제주에서 "바다 건너온/피에 젖은 이데올로기들"(p. 18)이 패를 갈라 싸움을 벌였던 "찢긴 역사"(p. 19)였다. 그 역사 속에서 사람들은 "살기 위해/숱한 죽음들 구경하면서/그림자처럼 도망다녔"(p. 20)지만 그 아픈 역사는 제주의 정체성에서 빼놓을 수 없는 부분을 이룬다. 그러나 오늘 그 제주의 아픈 역사를 제주의 정체성으로 어루만져주는 손길은 찾아보기 어렵다.

어디 뉘 있어 만들고 있는지 40년 후에
신문들 뒤져봐도 방송들 들어봐도
만날 수 없네 컴퓨터 선전에 눈이 아프고
세상은 노태우, 전두환 구속으로 들끓고

과연 모든 꿈은 어둠의 땅속에 묻혀 있는가

—「4月祭 · 3」에서

제주의 정체성 상실은 섬의 신화와 역사에 대한 무관심에서 그치지 않는다. 이제 제주에는 더 이상 제주의 것은 없다. 시인이 걸음한 제주의 들판은 바다 건너의 이국적 산물로 채워져가고 있을 뿐이다.

중산간 들판이 점점 더 푸르름으로 흔들리는데
무슨 경마장이 이리 많아져가는가
토박이 조랑말 하나 보이지 않고 풀 뜯다
키 큰 외국산 말들 내달리고 있다 들판을

〔………〕

1994년 6월 17일
漢拏日報는 1면 머릿기사로 보도했다 급속히
제주섬 자연 생태계를 잠식하고 있어
자생식물 보호 대책이 시급하다고 15년 전
미국에서 목초 씨에 함께 섞여와
아무데나 살 만한 땅 차지해 뿌리박고
토박이 잡초들 야금야금 잠식해
세계화 들판 만들고 있단다 개민들레꽃이
아, 멋지고 멋진 세상 —「개민들레꽃」에서

문충성의 시선에 의하면 우리 시대가 부르짖고 있는

세계화는 제주의 "산야를휘덮고"(p. 31) 있는 개민들레꽃이 보여주고 있듯이 우리 들판을 남의 것에 내준 우리의 상실에 다름아니다. 어디 들판뿐이랴. "바람 부는 날 바람 따라" 걸음한 "바닷가에서"도 "중국산 우럭, 갈치, 옥도미까지 어시장 진열대 채우고 싸구려/바다 냄새"에 그만 시인의 "눈시울"(p. 58)은 뜨거워지고 만다. 우리가 우리를 잃어버리고 있는 그 상실의 현장을 계속 따라가면 "미국 오렌지를 수입해도 제주 오렌지가 우수해서/걱정할 것 하나 없다고 TV에 나와 이 사람 저 사람/전문가답게 유창하게 말했"지만 "사정은 그리 안" 되어 "미국 오렌지가 들어오자 한번 맛이나 보자고/Kg에 5천원 주면 여덟 개나 살 수 있다고/슈퍼로 몰려가 너도나도 사서 맛보았"던 우리의 모습이 있다. 그리고 그 연장선을 다시 따라가보면 "양담배 피우면 잡혀가던 시절이 있었지"만 지금은 "국산 담배와 나란히 담배 가게에 나앉아 있는 양담배"(p. 79)의 위세를 접하게 된다. 그렇게 "이 시대 곳곳엔 외국산 부질없음만 만발"(p. 58)해 있다. 문제는 이러한 현실이 시인에게 있어 나의 상실이란 점이다.

> 그런데 우리는 시방 어디에 있지?
> 우리는 어디로 가지?
>
> —「미국산 오렌지나 까먹으며」에서

사람들은 문충성의 시에서 시대의 어쩔 수 없는 흐름을 나 몰라라 하고 있는 수구적 태도와 구시대적 낡은 사고를 들여다보며 답답해할지도 모른다. 그리고 비싼 제주 귤과 국산 담배를 고집하는 것이 나를 위하고, 또 나를 지키는 것이냐고 반문할지 모른다. 그 배경으로 경제 논리의 위세, 즉 좀더 좋은 제품을 값싸게 사서 쓰는 것이 무엇이 나쁘냐는 생각을 깔고 있는 이러한 공격 앞에서 문충성의 시들은 아주 궁색해질 듯 여겨진다.

시인도 그것을 알고 있다. 시인에게 있어 정체성이란 이 땅에 사는 사람이면 그 누구에게나 쥐어지는 것이 아니라, 이 땅의 나로서 살기 위해 치열한 몸짓을 갖출 때 비로소 우리와 함께하는 것이다. 깎아지른 낭떠러지에 피어난 매화 한 송이가 그러한 삶의 전형을 보여준다.

> 낭떠러지 깎아지른 바위
> 어디쯤 수십 년 모진
> 설한풍에도 끄떡없이
> 목숨 붙여 파랗게
> 철따라 꽃들 피워내느니
> 새파란 세상 속 새하얀 세상
>
> 차가운 바위에 빌붙어
> 살아가기도 힘들 텐데
> 꽃까지 피워내는 뜻은 뭘까 고고함
> 꽃 향기 쓸쓸히 바위 울리고
>
> ──「岩梅」에서

그러나 경제 논리를 바탕에 깐 사람들의 비아냥거림 앞에서 "이 시대 고고함이란 돼지죽 먹기"요 "비천한 발걸음"일 뿐이며, 그 끝엔 "눈물꽃만 덧없이" 남을 뿐이다. 시인이 갖는 절망과 슬픔의 연유는 바로 거기에 있다. 그런데도 사람들은 한쪽으로 한쪽으로 휩쓸릴 뿐이다.

오른쪽으로 오른쪽으로만
쓰러지던 나의 쓸쓸한 너의 뒷모습

—「나의 쓸쓸한 너의 뒷모습」에서

너에서 나를 보고, 나에서 너를 보는 획일성은 개인적 차원에서 그치지 않고 우리라는 전체로 확대되어 나간다.

나, 나, 나, 나여 우리여 〔……〕

—「우리 시대의 帝王」에서

시인은 이제 경제 논리로 무장한 채 자기 상실의 시대를 정당화하려 했던 우리들에게 말한다. 우리의 오늘은 바로 노래와 날갯짓을 상실한 새의 운명과 같은 것이라고. 새에게 있어선 "날아다니며 노래부를 수 있어야 천국"이지만 우리에게 안겨진 오늘의 현실은 "부러진 날개 벙어리 자유"일 뿐이다. 날지 못하는 새를 향한 시인의 목소리는 처연하다.

날지 못하는 새여
실은 내 가슴속에서 오랫동안

날아다니던 슬픔이었다 새여
오늘 봄바람 불어 천지가
하나로 새파랗게 출렁이게
새를 불러내려 유혹하지만
깡충깡충 새는 날지 못한다
새여 병들지 않는 것 무엇 있겠느냐
우리의 슬픔도 크게 병들어
어디 날아다니지 못할 뿐이겠느냐
어느새 노래조차 잊어버렸다

—「슬픔 혹은 새에게」에서

4·3 사태가 안겨준 제주의 "상처투성이 싹들"이 "이제야 조금씩 아픈 허리 펴며 일어서고" 있으면서도 "불타버린 울음 속/찢긴 역사"의 "잿더미 속에서/아직도 노래를 만들지 못"(p. 19)하고 있는 현실도 바로 노래와 날갯짓을 잃어버린 우리의 오늘과 무관하지 않다. 시인은 그리하여 발전과 경제의 논리로 치장된 우리들의 욕망이 그 끝에서 안게 되는 세계가 사실은 우리의 자랑이 아니라 하나의 허물에 지나지 않는다고 말한다.

朝鮮王朝 사대부의 찌꺼기 욕망이 고등학교 시절
영어 공부하며 만났던 새로운 세상
그 욕망이 꼭뒤에 못 견디는 허물 만들어
미치게 했네 나를

—「水仙花」에서

"미쳐야 정상"(p. 66)인 것이 요즘의 세상이지만, 그러나 시인은 미치지 않는다. 문충성의 고백에 따르면 그를 "미치지 않게 해준 것은/워즈워스의 수선화(水仙花)가 아니라/산야에서 자라던 조선 수선화(朝鮮 水仙花) 뿌리"였다. 시인은 말한다.

그 뿌리 빻아 허물에 붙였더니
못 견디던 아픔 스르르 잠들던 것을 그러나
나르시스의 욕망이 죽음에 이를 때
그 죽음 잠재울 새로운 뿌리는 어디에?

—「水仙花」에서

그가 나르시스의 욕망이라고 말하는 것은 우리들이 정체성을 잃어버린 우리들 현재의 모습에서 상실을 보는 것이 아니라 그것을 세계화란 이름으로 치장한 채 계속 그 모습에 빠져들고 있기 때문이다. 문충성에게 있어 그것은 내가 나를 만들어가는 열린 세상으로 가는 길이 아니라 자신의 정체성으로부터 쫓겨난 유배자의 신세로 전락하는 것에 다름아니다. 때문에 그런 세상에서 우리들은 스스로에게 쫓겨난 유배자에 지나지 않는다.

업어치나 메어치나 유배자에 지나지 않는 것을

—「水仙花」에서

그의 시에선 희망보다 회의와 절망의 빛이 더 진하게 묻어난다. 그것은 당연한 일이리라. 자신으로부터 쫓겨난 자들이 사는 유배자들의 세상. "금수강산 삼천리/하약게 숨죽여가고 있"(p. 72)는 병든 세상. 그런 세상에서 시인의 시가 자연의 아름다움을 말하고, 사랑의 뜨거움이나 입에 올렸다면 그것은 자기 기만일 수밖에 없었을 것이다.

그러나 그의 시들이 오늘을 살아가며 겪는 정체성의 상실을 절망과 슬픔으로 채우며 회한의 눈물로 마무리하고 있는 것은 아니다. "50여 년 동안/간직해온 꿈의 불씨"는 이미 꺼지고 그에게 남은 것은 그저 "누더기 그리움"(p. 68)에 불과하지만 아직 그는 희망을 버리지 않고 있다. "꿈에 취한 새들 사철 무시로 지저귀고" "꽃들도 제 색깔대로 노래하"고 "아픈 귀 귀대로 열어놓고/아픈 눈 눈대로 눈뜨게 하고/삶에 찌든 세상 냄새 하나 없어" "아늑히/찢긴 혼 누일 수 있"(p. 27)는 꿈의 세상은 여전히 그의 시 속에서 희망의 자리를 그대로 지키고 있다. 그리고 이러한 꿈의 세계를 그대로 간직하는 한편으로 절망적 현실에 대한 그의 대응도 보다 능동적이다.

그 대응은 "튼튼하게 만들어준 틀니"를 끼고 그가 "썩어 문드러질 때까지" "썩어가는 세상"을 '씹'어주는 것이다. 그는 이렇듯 "잊어버려도 좋을 눈곱 낀 그리움"(p. 33)을 추억하며 세상을 씹는 것으로 정체성의 상실 시대에 대응한다. 그리고 그러한 대응의 논리는 「새를 위하여」란 한 편의 시에 응축되어 있다.

> 너 있음으로 나를 깨우쳐가고 있을 때
> 전생의 나는 무엇이었을까 슬픔으로 나타나지 않는다
> 후생의 나는 무엇일까 기쁨으로 나타나지 않는다

현생의 나는 무엇인가 고통일까
꿈일까 나는 꿈꾸기로 했다 눈도 귀도 코도 입도 없는
고뇌를 그것이 전생이며 후생임을
그 깊이는 얼마나 될까 깊이의 꿈
전생에서 후생까지 현생을 날아다니는 새여
나는 꿈을 파괴하기로 했다 그 꿈의 깊이 재어
부재의 두레박으로 이 세상의 옷과 밥과 잠
눈물을 길어올리기로 했다 부질없음을
지는 해
저무는 바다를 ──「새를 위하여」 전문

시가 말하는 '너'의 자리엔 호젓이 숲을 이루어 살아가며 새들의 노랫소리에 미쳐나 꽃망울을 새빨갛게 터뜨리던 동백과 삼성혈의 구멍으로 솟아나던 신화의 제주가 자리할 것이다. 이제는 추억의 공간에나 자리잡고 있는 이들은 정체성을 잃어버린 현실 속에서 나를 자각하게 만드는 계기가 된다. 때문에 나는 이 정체성 상실의 시대에 살면서도 "나를 깨우쳐"갈 수 있다.

하지만 그가 이러한 자각 속에 자신을 돌아보면 스스로를 잃어버린 우리의 현실은 우리의 삶 자체를 불투명하게 만들어버린다. 그래서 그의 전생과 후생, 현생은 슬픔도, 기쁨도, 고통도 그 무엇도 아니다. 그는 이 불투명한 자신의 정체 속에서 꿈을 꾸기로 한다. 하지만 정체성을 잃어버린 자에게 그 꿈은 "눈도 귀도 코도 입도 없는/고뇌"로 이어질 뿐이다. 그리고 그 고뇌는 곧 그 전생이며 후생이 된다.

이러한 인식의 뒤끝에서 그의 태도는 갑자기 꿈의 파괴로 뒤바뀐다. 그것은 우리의 꿈속에 대립된 두 개의 꿈이 혼재되어 있기 때문이다. 우리들은 우리들이 좇아가는 현실적 욕망을 꿈으로 혼돈한다. 시인에게 있어 그 위장된 꿈의 실체를 보여주는 방법은 "꿈의 깊이"를 재어서 그것의 허상을 드러내는 것이다. 그리하여 그가 길어올리는 "부재의 두레박," 즉 부재를 길어올리는 두레박에선 "이 세상의 옷과 밥과 잠"이 "부질없음"으로 담겨져 올라온다. 그리고 시의 마지막 행은 그렇게 그가 길어올리는 두레박 속에 우리들이 추구하는 삶의 부질없음이 담겨 올라온 뒤끝에, 이제 저무는 제주 바다가 담겨 올라오고 있음을 보여주고 있다. 그것은 부질없는 것들이 밀어냈던 제주의 원래 얼굴일 것이다. 물론 그의 두레박에 담겨져 올라오는 바다는 밝은 빛이 앞을 밝히는 찬연한 아침 바다는 아니다. 그것은 "지는 해/저무는 바다"이며, 바로 그것이 시인이 처한 꿈의 현실이다. 문충성의 시가 보여주는 절망과 슬픔은 나이 탓이 아니다. 그것은 정체성을 상실한, 다시 말하여 나를 잃어버린 이 시대의 하중으로부터 신음하고 있는 시인의 고통의 목소리이다. 시인은 과연 저무는 바다를 다시 일으켜 세울 수 있을까. 놀라워라. 시인의 꿈은 이렇게 열리고 있다.

새 하늘
새 날
새 땅

날마다 열리는 것을 정말
몰랐네 눈이 침침하게
기다림 하나로
새 세상 꿈꾸는 동안
산과 바다까지 병들어가는 시대
멸종되어가던 노루들
다시 새끼 낳고 새끼 키워
깊은 골 푸른 들 새파랗게
영산홍 철쭉 꽃바다 이루어
새 하늘 열며
삶의 환희 밟아다니는
발걸음 소리 가득히
놀라움이여
새 한라산 만들고 있네 —「노루」 전문

사람들은 이제 제주에 가고 싶을 것이다. 가서 들어보고 싶을 것이다. 그곳의 목소리를. 하지만 미리 주의를 환기시켜두지 않을 수 없다. 시의 한편에서 살펴볼 수 있는 희망에 비하여 절망과 슬픔의 그늘이 훨씬 크고 폭넓게 번져 있으며, 그 또한 현실의 버거움 속에서 "어딘지는 알 수 없지만/오늘 아니 내일/도망이라"도 가듯 "저 푸른 하늘 깊숙이/날아가는 새처럼" 우리 곁을 "떠나"(p. 99)려 하고 있다는 것을. 때문에 그가 남길 목소리는 아마 사람들의 가슴에 아프게 와서 박히리라.

이 섬사 사름 살 땅 아니주게 —「제주 토박이 말」에서 ▨